PYJAMASQUES
mes petites histoires

Gluglu et son petit dinosaure

D'après l'œuvre originale de Romuald
Adapté de l'épisode *Gluglu et le Lionelosaure* par Gustav Paulin

Gallimard Jeunesse Giboulées

Dans le parc, Greg joue avec son nouvel ami lézard, Lionelinou.

– Regarde mon petit chouchou à écailles, dit Greg à Amaya.

Mais quand la nuit tombe,
Lionelinou a disparu.
Les Pyjamasques partent
à sa recherche.

Soudain, ils voient l'ombre inquiétante d'un monstre géant. Perché sur un toit, Roméo se moque d'eux.

– Ha ha ha… Grâce à mes bonbons qui font grandir, j'ai transformé votre petit lézard en terrible dinosaure.

En effet, Lionelinou
se régale et, à chaque
bonbon avalé, il devient
encore plus grand.

Dans la ville, Lionelinou fait beaucoup de dégâts. Heureusement que Gluglu sait comment le calmer.

Il faut faire vite !
Bibou découvre que
Roméo a une autre
boîte de bonbons
où il est écrit « petit ».

Bibou, ailes de la nuit !
Elle récupère la boîte
et jette les bonbons
à Lionelinou qui rapetisse
à toute vitesse.

Glugu, tout content, a enfin retrouvé son ami lézard !

Pyjamasques, on crie hourra ! Cette nuit, on a réglé les tracas !